AF233434

L'ENFANT DE FRANCE.

LE BERCEAU (1).

L'espérance du monde
Dans cette nef féconde
Sourit avec la foi.

De grandes clartés brillent,
Mille étoiles scintillent,
Noble esquif, près de toi.

Le vaisseau se balance :
Vers de nouveaux climats
Radieux il s'élance,
Arborant ses grands mats.

Des flots, de la tourmente
Il domine l'effort ;
Une garde puissante
Le mène droit au port ;

(1) Allégorie sur la forme symbolique du berceau offert par la ville
de Paris.

Telle, au lieu de boussole,
Une invisible main
Conduit l'aigle qui vole
Au royaume lointain.

Vogue, riant navire,
Loin de toi le zéphyre
A chassé l'aquilon,

Et les sombres orages
Et les épais nuages
Qui voilaient l'horizon.

Sous toi les mers s'inclinent
En saluant leur roi,
Les monts qui les dominent
Se courbent devant toi.

Les peuples de l'Aurore
Et ceux que le jour dore
De ses derniers rayons,
Tressaillent d'allégresse,
Et leur orgueil s'abaisse
Devant les pavillons.

NATIVITÉ.

L'ombre du fondateur d'un invincible empire,
De bonheur et d'orgueil a soudain rayonné,
    Et vers sa tombe de porphyre
    Un ange ami s'est incliné.

L'air au loin retentit : de leur voix de tonnerre
    Tes canons triomphants,
Ébranlent les cités et font trembler la terre,
Viennent-ils de nouveau convoquer à la guerre,
    France ! tes nobles enfants ?

Non ! le peuple des Preux fête l'enfant de France ;
  Il passe dans ton sein du sein qui l'a porté,
France ! et tu sens aussi frémissant d'espérance,
Les doux tressaillements de la maternité.

    Tout se transforme à ta venue,
    O noble sang des Empereurs,
Un torrent de lumière a jailli de la nue ;
L'hydre des vieux partis s'épouvante à ta vue,
    Et ta naissance étouffe ses fureurs.

Ton nom fera tarir bien des larmes amères
Ton nom puissant, sublime et doux
Sera la force et le bonheur des pères,
A leurs enfants le rediront les mères,
En les berçant sur leurs genoux.

L'ÈRE NOUVELLE.

Enfant prédestiné ! vois comme la nature
   S'épanouit autour de ton berceau :
La race qui commence à la race future,
   Par toi promet un règne encor plus beau.

Tes pères ont semé, tu cueilleras la gerbe,
Et par toi le présent est gros de l'avenir ;
L'arbre de l'espérance est là germant sous l'herbe :
Heureux vous qui naissez, vous le verrez grandir.

   Peuples souffrants ! regardez vers la France ;
   Joignez vos vœux à ses vœux triomphants ;
Voyez ! l'arbre surgit, l'arbre de l'espérance,
Son front touche les cieux et sous son ombre immense
   S'abriteront un jour tous vos enfants.

Auprès de ce berceau mets des légions d'anges,
Grand Dieu ! sauve l'espoir des générations ;
Rangez-vous à l'entour, invisibles phalanges,
   C'est le salut des nations.

Quand sauras-tu les devoirs de ta race
    Et les hauts faits de tes aïeux ?
Enfant ! quand pourras-tu t'élancer sur leur trace,
    Sur la trace des demi-dieux ?

Oh ! je te vois sourire au souris de ta mère ?
Prince ! quand verras-tu les gloires des Guzman ?
Quand liras-tu qu'aux champs radieux de l'Ibère,
Guzman le brave un jour dévoua son enfant ?

Le Cid avec son sang te transmit son courage,
EUGÉNIE ! en ton sein tu portes son grand cœur,
Des plus mâles vertus saint et riche assemblage,
Trésor de dévoûment, de noblesse et d'honneur.

Celui dont l'épopée, au Temple de Mémoire,
Fait pâlir les grands noms d'Auguste et des Césars,
Qui sur un char de bronze enchaînait la Victoire,
Et sous ses pas géants abattait les remparts ;

Celui qui remplissait l'univers de sa gloire,
Et gouvernait la foudre au front des étendards,
Et jetait en courant des siècles à l'histoire,
Sur vous avec orgueil abaisse ses regards,

De plus haut que les monts où la nuit prend ses voiles,
De plus haut que les cieux où planent les étoiles :
Des champs où l'Infini sema l'immensité ;

Des champs où nait le feu créateur du génie,
Pour aller féconder de sa flamme infinie
Les fronts marqués du sceau de l'immortalité.

C'est l'astre des héros qui sur ton fils rayonne,
Oui ! sur son jeune front j'en vois briller les feux ;
Il est né pour tenir la sublime couronne
Que l'Europe admirait au front de ses aïeux.

Non ! non ! Prince ! dormez : les sceptres de vos pères,
A porter aujourd'hui sont encore bien lourds ;
Si vous étiez venu dans ces palais trois ères
Plus tôt, vous auriez pu couler gaîment vos jours.

Il était doux jadis le destin de nos maîtres ;
La Gaule était un champ fécond pour leurs plaisirs,
Et les jeunes cités de nos rudes ancêtres,
    Tributaires de leurs désirs.

Les pleurs des opprimés et les cris des victimes
    N'arrivaient pas à leur trône joyeux ;
Ils avaient pour voiler les plaisirs et les crimes
    Des courtisans officieux.

Et quand leur indolence affligeait les provinces,
Quand grondaient autour d'eux les peuples affamés,
Des courtisans chantaient à l'oreille des princes :
Les peuples sont heureux et vous êtes aimés.

Enfant roi ! par ton père une autre ère commence !
Et prendre à l'avenir ce grand sceptre à la main,
C'est dévouer ses jours pour l'éclat de la France
    Et le bonheur du genre humain.

Commander ce vaisseau bondissant qui s'avance
    Vers la lumière en maîtrisant les flots,
C'est aimer d'un amour profond, égal, immense,
Petits, grands, passagers, pilotes, matelots.

Peuples ! si vous saviez ce que pèse un empire,
Ce qu'il faut de vigueur pour mener sûrement
Au port tranquille et pur cet immense navire,
    A travers l'orage écumant,
Lorsque des matelots dégénérés persistent
    Dans leurs sombres complots :

Oh ! que vous béniriez les guides qui résistent,
Pour sauver la Frégate, au murmure des flots.

Se montrer impassible au sein de la souffrance,
Et porter seul le poids de toutes les douleurs ;
Parmi les désespoirs éveiller l'espérance
    Et le sourire dans les pleurs ;

Quand la discorde et les sanglantes guerres
    Ouvrent au loin d'affreux tombeaux,
Résister sans pâlir au désespoir des mères,
Pour montrer à l'Aurore un monde de héros ;

    Quand la disette et l'indigence
Pèsent comme des monts sur les frêles humains,
N'avoir pas à son gré mille urnes d'abondance
    Pour les verser à pleines mains ;

    Dans l'ivresse de la puissance,
Suivre de l'honneur seul l'incorruptible voix,
  A l'injure opposer sa seule conscience :
Quel sort ! il a pesé sur un nom mille fois.

Mais il ne viendra plus changer en deuil nos fêtes
Et peser sur le fils qu'un si beau trône attend,
Douces illusions, à l'abri des tempêtes,
Vous bercerez l'enfant de France bien longtemps.

Vous luirez sur ses jours et sur ses nuits sereines,
Toujours, vous bannirez de son sein la douleur ;
Dieu ! vous ne rendrez pas nos espérances vaines :
Ses pères ont payé leur tribut au malheur.

LES AGES.

Archanges qui priez pour le repos du monde,
De vos ailes d'azur couronnez ce berceau ;
Et puisez dans les cieux une sève féconde
   Pour cet auguste et riant arbrisseau.

Montrez à son amour l'éclatante auréole
Qui des grands empereurs ceint le front radieux,
Les lauriers réservés à celui qui s'immole,
Pour entraîner la France ardente vers les cieux.

Et dans l'hymne des temps sans fin la récompense
   Des bienfaiteurs de l'univers ;
Accourez, songes d'or et charmez son enfance
Comme d'harmonieux et célestes concerts.

Oh ! qu'il ne sache pas trop tôt ce qu'il en coûte
Pour dominer tout seul les flots des passions,
Pour sauver un grand peuple et lui tracer sa route
   A la tête des nations.

Mais quand le cours grandissant d'un autre âge
En aura fait un homme fort ;
Quand il pourra braver l'orage
Et les coups imprévus du sort ;

Quand le sublime instinct des choses immortelles
De son génie annoncera l'éveil ;
Quand l'aiglon, déployant ses ailes,
Regardera fixement le soleil,

Alors de ses parents qu'on lui dise l'histoire,
Et leurs luttes et leurs grandeurs,
Et leurs triomphes et leur gloire,
Et leur martyre et leurs malheurs.

Qu'on lui montre les lois et les faits de son père,
Son nom plus grand encor dans la postérité ;
Le prix de son labeur incessant, rude, austère,
Dans les rayonnements de l'immortalité.

Après !.. ne craignons pas : s'il négligeait sa race.
Une grande ombre devant lui
Se dresserait pour lui montrer la trace
De celui qui souffrit et triomphe aujourd'hui.

Et s'il pouvait changer, oublieux de son père,
Le trône du labeur en indolent sofa,
Son grand nom tonnerait et le sang de sa mère
Lui crîrait : TARIFA.

Mais que viens-je mêler à tes chants d'allégresse,
France ! les errements de quelques souverains ?
Tes malheurs sont passés : la divine tendresse
Par ce gage promet des jours purs et sereins.

LES GÉNIES.

Dans cette aire paisible,
Un archange invisible
Contemple avec amour
L'aiglon qui vient d'éclore,
Dès sa première aurore,
Riant comme un beau jour.
Mille puissants génies
De fières harmonies
Le bercent tour à tour.

LE BAPTÊME.

Pour le prince béni tout conspire à la fois :
    Depuis l'origine des âges
    Jamais de plus riants présages
N'ont illustré l'aurore des grands rois.

Jadis, persécuté comme le Dieu fait homme,
Rétabli par la France au sein de ses états,
Le lieutenant du ciel, roi de l'antique Rome,
Enfant !.. au nom de Dieu, t'élève dans ses bras.

L'Église qui par lui bénit votre couronne,
D'un indicible amour entoure ton berceau ;
Elle imprime à ton front que la gloire environne
De la foi de ses preux les rayons et le sceau.

La France pour les tiens tendre et reconnaissante ;
La France par les tiens désormais florissante,
Appelle en ce grand jour sur son jeune Empereur,
Du Dieu qui fait les rois les dons et la faveur.

Souris à leur amour ; notre bonheur l'ordonne :
Les princes que la France et l'Église abandonne
Voient crouler tôt ou tard leur trône vieillissant ;
Mais celui que le peuple et l'Église couronne
Est sacré par le Tout-Puissant.

L'HOROSCOPE.

Les peuples qu'enflammait une sanglante haine,
A l'entour d'un berceau se sont donné la main,
A l'aspect d'un enfant la discorde inhumaine
Succombe... et l'horizon sourit au genre humain.

Les anges de la paix ont fait son horoscope :
De son père il aura la sainte passion,
Il fera, comme lui, le calme de l'Europe
Par la prospérité de chaque nation.

Bien longtemps, comme lui, dans une paix féconde,
Il régira les Francs, heureux par ses vertus.
Les ennemis du calme et du repos du monde,
Vainement à ses pieds rugiront abattus.

Des peuples menacés il sera l'espérance....
Comme lui magnanime et simple en ses splendeurs,
Il saura faire aimer l'empire de la France
Aux princes qui voulaient étouffer ses grandeurs.

Inondé des reflets éclatants de sa gloire,
Il réglera sur lui ses desseins et ses pas ;
Un grand enseignement déborde dans l'histoire :
    Il ne l'oubliera pas.

Il n'abusera point de la faveur divine
Et sera vigilant dans la prospérité ;
Il n'oubliera jamais sa sublime origine :
Les intérêts du peuple et de l'humanité.

Sur ce fondement seul divin, ferme, immuable,
Comme les grandes lois de la divinité
Il saura maintenir son trône inébranlable
    Pour le transmettre à sa postérité.

Et des Napoléons il accroîtra la gloire,
Fleuve majestueux qui va croissant toujours ;
Et les âges diront, célébrant sa mémoire :
« Chantons ! l'enfant ressemble aux auteurs de ses jours. »

B. D. L.